W0348249

Die Weihnachtsmänner

Die Weihnachtsmänner

Ein Bilderbuch von Ute Krause
erzählt von Achim Bröger

Middelhauve

Alles fing damit an,
daß Herr Ludwig
zu Herrn Prösel sagte:
„Wissen Sie es schon? Weihnachtsmänner gibt es nicht!"
„Sind Sie sicher?" fragte Herr Prösel erstaunt.
„Hundertprozentig", sagte Herr Ludwig.
Herr Prösel arbeitete bei einer Zeitung. Und weil an dem Tag
in der Welt sonst nichts passiert war, setzte Herr Prösel
am nächsten Tag groß auf die erste Seite:
„Weihnachtsmänner gibt es nicht!"
Und die anderen Zeitungen druckten es nach.

UDIO
DISCO
DISCO
DISCO
Frankfurter Allgemeine
Existenz von Weihnac
männern bezweifelt
MORGENPOST
Es gibt keine
Weihnachtsmänner
SKANDAL
UM DIE
WEIH-
NACHTSM
Blah

So
erfuhren es alle –
jeder Mann,
jede Frau
und jedes Kind.
„Oh, schade",
sagte die kleine Susanne. „Weihnachten ohne Weihnachtsmann, das ist . . .
wie . . . wie . . . Pizza ohne Tomatensauce." – „Nur viel schlimmer", seufzte Jan.
„Es ist einfach kein richtiges Weihnachten mehr."
„An wen soll ich überhaupt meinen Wunschbrief schicken,
wenn es keine Weihnachtsmänner gibt?" fragte Thomas.
Und Kurtchen murmelte: „Das darf nicht wahr sein."
Aber überall hörte und las man: „Weihnachtsmänner gibt es nicht."
Alle wußten es, nur . . .

Morge kommt der Weihna tsmann
ZOO
PAUL
Xen
Tenc

. . . die Weihnachtsmänner
hatten keine Ahnung, daß es sie nicht gibt.
Sie lebten zufrieden und versteckt wie immer.
Bis eines Tages der Weihnachtsmann-Koch die Zeitung in die Finger bekam.
Fisch war darin eingepackt. Der Koch las ein paar Zeilen und rief:
„Kollegen! Freunde! Weihnachtsmänner! . . . Uns gibt es nicht. Da steht's!"
„Die spinnen!" rief jemand.
„Ich glaube, ich höre nicht richtig", sagte ein anderer.
„Doch, hier . . . lest selbst", sagte der Weihnachtsmann-Koch.
Jetzt lasen es alle, und alle sagten: „So ein Quatsch!
Das glaubt kein Mensch."

Telegraph
Seit 1914
Skandal

Aber es kamen immer weniger Wunschbriefe
bei den Weihnachtsmännern an. Und das kurz vor Weihnachten.
„Viele Menschen glauben wohl doch, was in der Zeitung steht",
seufzten die Weihnachtsmänner.
Und sie überlegten, was sie tun könnten. Plötzlich rief einer:
„Ich hab's! Wir treffen uns. Alle Weihnachtsmänner der Welt!
Dann besprechen wir gemeinsam, wie es weitergehen soll."
„Gute Idee! Super!" riefen die anderen und schrieben die Einladungen:
Wichtig! An die Weihnachtsmänner überall.
Kommt unbedingt zur ersten
Welt-Weihnachtsmann-Konferenz!

Post an die Weihnachtsmänner
JAN.
Feb.
März
April
May
Juni
Juli
Aug.
Sept.
Okt.
Nov.
Dez.
Telegraph
Skandal um die Weihnachts männer
Monde
The Times
Santa Clauses don't exist
Airplane crash in Peru

Die Weihnachtsmänner kamen.
Aus Afrika, Japan, Alaska, von überall.
Und die Konferenz begann.
Es wurde lange beraten. Schließlich sprang einer auf und sagte:
„Freunde! Kollegen! Weihnachtsmänner! Sie behaupten, uns gibt es nicht.
Gut, dann sollen sie mal sehen, wie es ohne uns geht.
Wir kümmern uns in diesem Jahr einfach nicht um Weihnachten.
Wir streiken!“
„Jawoll! Klar!“ riefen sie. Alle waren mit dem Streik einverstanden.
Jetzt überlegten die Weihnachtsmänner nur noch,
was sie mit ihrer Freizeit anfangen sollten.
Und sie hatten da auch schon eine Idee.

Zu Hause
saß Kurtchen traurig herum.
„Du mußt mal auf andere Gedanken kommen“, sagte sein Papa
und nahm ihn mit zur Post. Dort arbeitete er nämlich.
Aber auch zwischen den Poststapeln dachte Kurtchen immer nur
an die Weihnachtsmänner. Wenn er die Augen schloß, sah er sie sogar
vor sich. Mit Bart und ganz deutlich. Und einer zwinkerte ihm zu.
Da kicherte Kurtchen. In dem Moment sah er eine Weihnachtskarte.
Ein kleiner Stern war drauf.
Geheim,
las er und vergaß, daß er eigentlich nicht weiterlesen durfte. Da stand:
Lieber Kollege.
Schade, daß Du nicht mitfahren konntest. Das Wetter ist prima.
Ein herrlicher Urlaub. Komm nach, wenn Du gesund bist.
Deine Weihnachtsmänner.
Zur Zeit in der Südsee.

AFGHANISTAN
ALGERIA
ANDORRA
ANGOLA
BAHREIN
BAHAMA IS.
BARBADOS
BERMUDA
CANTON IS.
CAYMAN IS.
CAPE VERDE
CEYLON
GUAM
GUATEMALA
GUINEA
HAITI
HONDURAS
HONG KONG
INDIA
IRAN
IRLAND
ISRAEL
LIECHTENSTEIN
LUXEMBURG
SENEGAL

Jetzt wußte Kurtchen:
„Es gibt sie doch!"
Und er dachte:
„Sie dürfen keinen Urlaub mehr machen, ich hole sie zurück!"
Aber wie? Kurtchen lief nach Hause und packte die Tasche
und seine Lieblingsente. Dann leerte er das Sparschwein.
Den Eltern schrieb er einen Zettel:
Ich hole die Weihnachtsmänner. Kuß. Kurtchen!
Er fuhr mit dem Bus in den Hafen. Zum Hafenmeister sagte er:
„Ich will mit dem Schiff in die Südsee.
Hier sind 11,52 DM." Leider reichte das Geld nicht.

Lilli Marleen
3m
STOP

„Wie komme ich bloß hin", überlegte Kurtchen.
Da stieß er gegen einen Schiffskoch. Platsch, saßen sie nebeneinander zwischen kullernden Kartoffeln. Der Mann schimpfte:
„Alles geht schief! Der Schiffsjunge ist weggelaufen!
Die Kartoffeln fliegen rum! Ich krieg' das Mittagessen nie fertig!
Und in einer Stunde fahren wir in die Südsee."
„Das paßt prima", dachte Kurtchen, und er sagte: „Ich werde Ihr Schiffsjunge."
„Einverstanden", sagte der Koch.
Gleich darauf schälte Schiffsjunge Kurtchen Kartoffeln haufenweise.
Später schrubbte er das Deck.
Und das Schiff fuhr Richtung Südsee.

Endlich kamen sie an,
und Kurtchen ging von Bord.
„Puuh, ist das heiß", stöhnte er
und suchte die Weihnachtsmänner.
Kurtchen kam an vielen Hotels vorbei. Männer mit weißen Bärten sah er
immer wieder, aber Weihnachtsmänner waren es nicht.
Vom Suchen und von der Hitze wurde Kurtchen müde.
Er legte sich unter eine Palme und schlief ein. Tiefe Stimmen weckten ihn.
Er drehte sich um und sah zwei Palmen weiter . . .

Beach Hotel
HOTEL ASTOR
SUN HOTEL
ICE-

. . . die Weihnachtsmänner!
Mit Badehose und Sonnenbrille.
„Mensch, da seid ihr ja!“ rief Kurtchen.
Einer sagte: „Das ist doch Kurtchen aus dem 5. Stock.
Ich bringe ihm immer die Geschenke.“ – „Stimmt“, sagte Kurtchen
und fragte: „Warum sitzt ihr so faul hier rum? Es ist bald Weihnachten.“
Sie erzählten ihm von der Konferenz und vom Streik. Und daß sie
keine Lust haben, Geschenke zu bringen, wenn niemand an sie glaubt.
„Aber ich glaube an euch“, sagte Kurtchen. „Das seht ihr doch!“
Ein Weihnachtsmann fragte: „Und die anderen Kinder,
wollen die wirklich, daß wir kommen?“
„Und wie!“ sagte Kurtchen.
„Also los!“ riefen die Weihnachtsmänner.
Damit war der Streik zu Ende.

Leider waren ja kaum
Weihnachtsbriefe bei den Weihnachtsmännern angekommen.
Also dachten sie sich die Geschenke selber aus und besorgten sie auch gleich.
Diese Geschenke sahen nach Abenteuer und Südsee aus.
Und dann war auch schon Weihnachten.
Die Rentiere wurden an die vollgepackten Schlitten gespannt.
Kurtchen setzte sich neben seinen Weihnachtsmann. Los ging's!
Sie kamen gerade noch rechtzeitig zum Geschenkeausteilen.
Natürlich durfte Kurtchen helfen.

Zu jedem Geschenk wurde ein Zettel gelegt:
Uns gibt's. Die Weihnachtsmänner.

Später feierten Kurtchen
und die Weihnachtsmänner.
Kerzen brannten.
Die Weihnachtsgans duftete.
Mit vollen Backen sagte Kurtchen: „Vielleicht glauben meine Eltern
ja immer noch nicht, daß es euch gibt. Dann sag' ich zu ihnen:
‚Macht die Augen zu. Stellt euch einen Weihnachtsmann vor.
Mit Sack und Bart und allem . . .
Seht ihr, man sieht ihn.
Und was man sieht, das gibt's.' "

„So ist es",
brummten die Weihnachtsmänner.

Middelhauve-Bilderbuch
1. bis 7. Tausend

Typographie: Thomas Brink
Filme: Urlichs, Düsseldorf
Satz: Moers, Mönchengladbach
Druck: Weisbecker, Frankfurt
Verarbeitung: Hunke & Schröder, Iserlohn
Printed in Germany 1985
ISBN 3 7876 9191 X